JOURNAL D'UN VICAIRE DE CAMPAGNE

Joseph Raîche

Dédié à tous les vicaires
qu'entoure la solitude.

1er décembre 19..

- Jean Tréville, M. le Directeur vous fait demander, me dit un confrère que je rencontrais dans un passage. Je me rendis chez le Directeur, un peu inquiet. Avait-il de mauvaises nouvelles pour moi ?

- Jean Tréville, me dit-il, en entrant, votre évêque vous appelle aux ordres. Vous allez commencer à vous préparer à l'instant. Vous serez ordonné sous-diacre, diacre, prêtre pendant trois jours consécutifs, pour finir le 21 décembre, fête de saint Thomas.

- C'est, M. le Directeur, que je ne sais rien de rien.

- Comment ! vous ne savez rien de rien, et vous êtes au Grand Séminaire depuis quatre ans. Qu'avez-vous fait ?

- Je ne croyais pas que cela dût finir si tôt. J'étais assuré de rester ici jusqu'au printemps.

- Vous êtes un de ceux qui remettent à demain ce qu'ils peuvent faire aujourd'hui, dans l'espoir qu'on le fasse pour eux. Or, comme personne ne pouvait se préparer pour vous, vous êtes surpris. Allez.

Je m'en allai fort bouleversé. Que me restait-il au juste à apprendre ? D'abord la récitation du Saint Office, la célébration de la Sainte Messe, l'administration des sacrements, l'étude d'un peu de rubriques où je n'ai jamais brillé, la revue des principaux traités de théologie morale, la retraite préparatoire.

Et j'ai vingt jours pour tout cela.

10 janvier 19..

Ces vingt jours ont été si occupés que je ne me suis pas aperçu de leur passage. Maintenant que tout est fini, retraite, ordination, première messe, il me semble que j'ai rêvé. Ce n'est que dans le wagon du train qui m'amenait au diocèse lointain que j'ai choisi, que je me mis à réfléchir sur la grandeur de ce qui venait de se passer. J'avais encore dans ma poche la dépêche de mon évêque qui m'appelait à l'évêché. Où allait-il m'envoyer ? Je n'en avais pas la moindre idée. Après deux jours de chemin de fer, j'arrivai dans la ville épiscopale et je me rendis à l'évêché sur-le-champ.

- Voici, me dit l'évêque que je n'avais jamais vu, j'ai décidé de vous envoyer à Forest Hill, M. Tréville. Vous y assisterez un vieux prêtre de quatre-vingts ans dans une paroisse où il y a peu d'ouvrage. Vous y referez votre santé. Le curé est un saint. C'est là que j'envoie presque tous mes vicaires pour faire leur noviciat.

- Si Sa Grandeur voulait bien me donner quelques renseignements sur la manière de me rendre à Forest Hill. Je suis peu au courant de la géographie de la région.

L'évêque se leva et m'amena vers une carte du diocèse pendue à la muraille, et me dit :

- Après un trajet de quatre heures en chemin de fer, vous descendrez à la petite gare Macado (qu'il m'indiqua du doigt sur la carte). Vous y prendrez un réseau de chemin de fer régional qui, après trois ou quatre heures, vous déposera à Forest Hill. Vous y trouverez facilement une diligence qui vous conduira au presbytère, à quatre ou cinq milles de la gare. Comme vous pouvez remarquer, Forest Hill est sur le bord de l'Océan.

En effet je pus en lire le nom, presque aux confins du pays.

- Maintenant, mon enfant, me dit paternellement l'évêque, je vous bénis. Soyez sans inquiétude, tout ira bien.

Et je partis. Je suivis à la lettre l'itinéraire qu'on m'avait tracé. Dans le mauvais petit wagon d'un chemin de fer fort primitif, je regardais à loisir les paysages qui défilaient avec une lenteur désespérante. C'était des forêts d'arbres rabougris, rachitiques, tordus par les grands vents, ou une lande nue avec quelques maisonnettes clairsemées. À mesure qu'on avançait cette désolation s'accentuait. Je songeais que Forest Hill était sans doute une oasis verdoyante au milieu de cette aridité. Le crépuscule embuait déjà la cime des arbres. Bientôt je ne distinguai plus rien. On avait allumé une petite lampe qui jetait une lueur jaune et troublée. C'est avec peine que je réussis à réciter mon Office. Enfin, vers huit heures du soir, nous arrivâmes à Forest Hill. J'y trouvai la diligence dont avait parlé l'évêque. Le postillon fouetta ses chevaux ; nous partîmes. La nuit était si sombre que je ne voyais rien, mais je sentais que la voiture longeait un chemin de grève. Il faisait très froid. Le vent soufflait avec violence, j'entendais l'Océan gronder sourdement. Il n'y a rien de si pénible que d'arriver la nuit dans un lieu étranger. L'imagination cherche à créer le site où l'on se trouve et n'y parvient pas, ou y parvient mal. Enfin nous arrivâmes au presbytère, après un trajet que je trouvai effroyablement long. L'homme empoigna ma malle qu'il descendit et me laissa à la porte. Je frappai. Un vieux prêtre vint ouvrir. Je me faufilai par l'ouverture étroite de la porte entrebâillé et je jetai un coup d'œil à l'intérieur. Dans une salle basse se tenait assis un autre vieux prêtre, près d'une table sur laquelle était une bougie allumée, que le vent faisait vaciller. Il rangeait des cartes à jouer, attestant que les deux vieillards faisaient une partie au moment de mon arrivée. Celui qui était venu m'ouvrir, et qui semblait le plus vieux des deux, me demanda :

– Qui êtes-vous ?

– Je suis le nouveau vicaire,

– Vous feriez bien mieux d'aller à Ferricamp.

Je demeurai interdit, et j'allais lui demander s'il n'avait pas reçu l'avis de l'évêque annonçant mon arrivée, lorsque l'autre prêtre l'interpella :

– Invitez-le à entrer, invitez-le à entrer.

La porte s'ouvrit tout à fait et j'entrai. On m'offrit à manger, ce que j'acceptai car j'avais faim et j'étais fatigué. Les deux vieillards continuèrent leur partie interrompue. Je me mis à réfléchir. Où suis-je ? Décidément, je me suis trompé dans mon itinéraire. J'ai fait fausse route. Ce curé ne m'attendait pas, c'est certain. Ou bien je rêve. Ce que je vois n'existe pas. Je suis fatigué, surmené, j'ai peut-être la fièvre. Cette maison n'est pas réelle. C'est une maison hantée. C'est peut-être une maison légendaire perdue dans les montagnes d'Écosse. J'ai l'imagination troublée par des scènes de Walter Scott que j'ai lues autrefois.

La personne qui me servait à table ne dissipa pas cette impression. C'était une petite vieille diaphane, qui se mouvait si subtilement qu'on eût pu croire qu'elle n'avait pas de corps. Son service fini, elle disparut comme par enchantement, sans que je susse ni où ni comment.

Quand j'eus terminé mon repas, on m'indiqua ma chambre. On y grelottait. Les fenêtres mal assujetties laissaient engouffrer le vent qui faisait voltiger les rideaux dans l'air. Et j'entendais toujours la sourde rumeur des vagues qui déferlaient contre les brisants. Décidément, j'ai fait fausse route et maintenant je suis perdu dans une *île* lointaine. Je me couchai avec ces pensées, mais j'étais si fatigué par tant d'émotions diverses que je m'endormis sur-le-champ.

Le lendemain matin, mon premier mouvement fut de courir à la fenêtre pour m'orienter. Au loin l'Océan moutonnait, les vagues venaient blanchir la falaise, de l'autre côté s'étendait la lande nue comme au jour de la création, avec quelques arbres dépouillés, penchés dans le sens du vent. Voilà un paysage bien âpre, pensai-je, mais j'imagine qu'en été quand un appareil de verdure couvre cette nudité, il ne laisse pas d'être fort pittoresque.

J'allais descendre quand, passant devant une porte d'une chambre voisine, une voix m'appela.

- Father Tréville, Father Tréville.

La porte était ouverte ; j'entrai. Un des vieillards de la veille, le moins vieux des deux, le visiteur selon toute apparence, était au lit. Quelle ne fut pas ma surprise de constater qu'il était couché tout habillé avec sa soutane, ses souliers et même sa barrette.

Étrange vieillard et étrange pays ! Trois ou quatre théories se présentèrent à mon esprit curieux. C'était peut-être à cause du froid, peut-être par mortification, et je songeai à l'exemple de saint Benoît Joseph Labre, c'est peut-être une simple habitude locale. Sans daigner me donner d'explication, il repoussa les couvertures et se trouva assis prêt à commencer une journée de travail. Il se mit à causer très amicalement.

- Vous savez, me dit-il, le curé d'ici, le Pére Gregory, est très vieux. Il a vieilli dans le bien ; l'écorce est un peu rude, mais le cœur est d'or. Vous allez l'aimer.

Je buvais ces paroles encourageantes.

- Et vous, mon père, est-ce que vous restez ici ?

- Moi, d'abord, je m'appelle le Père Condon. - Je me présente puisque le curé a oublié la présentation hier soir. - J'habite Craighton, à une trentaine de milles d'ici, où je vis retiré. Je suis venu aider le Père Gregory parce que c'est aujourd'hui la fête de l'Épiphanie et on ne vous attendait pas.

- Mais, dites-moi, où donc est Ferricamp où le curé voulait m'envoyer hier soir ?

- C'est une paroisse à une soixantaine de milles de voiture d'ici. Comme c'est une paroisse française, et que vous êtes français, il a cru que vous y seriez plus utile.

- N'y a-t-il pas de Français ici ?

- Non, pas un seul.

- Qu'est-ce que j'aurai exactement à faire ici ?

- D'abord, vous chanterez la grand'messe tous les dimanches, vous ferez les annonces et prêcherez. Le curé a un mal chronique de la gorge qui l'empêche de monter en chaire depuis plusieurs années.

Je me sentis subitement angoissé à la perspective de prêcher tous les dimanches. Le Père Condon continua :

- Vous ferez le catéchisme, présiderez les sociétés de la paroisse, sur semaine vous direz la messe au couvent. Le curé dit toujours la sienne à l'église, il entend presque toutes les confessions, fait le travail du bureau, fait généralement les baptêmes, visite les malades qui ne parlent pas l'anglais, car il y a nombre de personnes qui ne parlent que le celtique, qui est, comme vous savez, la langue des Écossais. Aujourd'hui vous chanterez la grand'messe, il est entendu avec le curé que je prêcherai.

Je faillis me jeter à son cou pour le remercier, tant je me sentis allégé.

Il me congédia. Je descendis et trouvai le curé qui priait dans son bureau. Ses cheveux blanc frisaient autour de sa barrette. Je n'avais jamais vu un si lumineux vieillard. Ses traits finement taillés me rappelaient ceux du curé d'Ars. Il priait, articulant chaque parole avec une ferveur qui me toucha vivement. J'avais craint de l'avoir dérangé. J'allais me retirer. Il me fit signe de la main d'attendre qu'il eût fini son Ave et me dit que j'aurais à chanter la grand'messe ; quant à la prédication du Jour, le Père Condon s'en chargerait.

Ce fut tout. Peu de mots mais un point. J'aimai cette concision.

À l'heure indiquée, je me rendis à l'église. Certes, elle était aussi froide que le presbytère. C'était une forte construction d'un style sobre. Je trouvai des beaux ornements dans un état parfait. Je m'en revêtis et chantai ma première messe à Forest Hill.

20 janvier 19..

Il y a quinze jours que je suis arrivé à Forest Hill. Je ne dirai pas que le temps a passé rapidement. J'ai trouvé certaines heures mortellement longues. Seul dans cette grande maison, avec un curé de quatre-vingts ans et une ménagère de soixante-et-seize, les jours traînent d'une façon interminable. Si au moins j'avais beaucoup de travail, mais en dehors du dimanche je n'ai rien à faire, si ce n'est de préparer mon sermon. Il faudra donc que je me crée un sujet d'étude, un intérêt quelconque, que je développe une manie, que je me mettre à collectionner des timbres-poste, des vieux fusils, ou des boîtes d'allumettes. Je n'ai guère de livres à ma disposition. J'avais convoité, depuis quelque temps, certains volumes du curé, et hier il en a eu la pensée, ce dont je lui suis tout à fait reconnaissant. Il m'a permis de puiser à sa bibliothèque. Depuis, j'apporte chaque jour quelques volumes dans ma chambre. Bientôt toute la bibliothèque y sera transportée. J'y trouve un choix fort judicieux de livres. Tous les domaines de la théologie y sont représentés, théologie morale, dogmatique, Écriture sainte, histoire, liturgie, bref, tous les meilleurs livres des maîtres de la science théologique. Et ce ne sont pas que des livres d'ornement, ce sont des volumes que le curé a étudiés ; à chaque page se trouvent des notes, des annotations, des remarques qui l'attestent. Il ne lit plus beaucoup maintenant, si ce n'est quelques revues ecclésiastiques, mais il suffit de causer avec lui pour découvrir qu'il est renseigné sur tout ce qui touche à la théologie. Entre temps ses volumes prennent, les uns après les autres, le chemin de ma chambre.

Dimanche j'ai prêché mon premier sermon. J'avais préparé une allocution qui devait durer cinq minutes précises. Je l'avais apprise par cœur pour n'avoir rien à redouter de ma mémoire. Je m'en tirai tant bien que mal. Je bafouillai un peu, je perdis le fil deux ou trois fois, mais je le rattrapai, et j'arrivai à la fin sans encombre. C'est le cas de dire que le plus beau passage était le passage à la banquette.

Je suis allé aux malades pour la première fois. On est venu me chercher en toute hâte vers cinq heures du soir pour un vieillard, que je trouvai assis près du fourneau fumant sa pipe.

Je lui ai demandé ce qu'il avait ; il m'a montré son pied enveloppé.

– J'ai peur de l'empoisonnement de sang, dit-il, j'ai un ongle incarné.

Et moi qui me suis tant pressé !

Samedi, j'ai eu ma première séance de confessionnal. C'était dans la soirée. Le curé était à l'église. Or, comme il y avait beaucoup de pénitents, il m'envoya chercher. Je me mis à trembler. Je n'avais encore jamais confessé. J'ai compris pour la première fois la grandeur des responsabilités que j'avais assumées. N'y a-t-il pas quelque chose de touchant que des vieillards, des personnes de toutes les classes de la société viennent s'agenouiller aux pieds d'un jeune prêtre inexpérimenté et lui confient les pensées les plus secrètes, celles qu'on ne confie même pas à son père et à sa mère.

Je sens que je n'ai pas encore gagné la sympathie de la brave population qui m'entoure. Ce matin, je suis allé faire quelques emplettes dans un magasin, où j'ai causé avec un paroissien qui a laissé échapper une parole qui m'a éclairé. On attendait un vicaire de nationalité écossaise qui pût prêcher au moins une fois par mois en langue celtique, comme l'avaient fait mes prédécesseurs. J'ai pensé me remettre à l'étude de cette langue, mais le curé m'a dit qu'elle est si hérissée de difficultés que j'y perdrais mon temps. Il ne me reste donc qu'à me dévouer pour ces braves gens et leur faire oublier que je ne suis pas écossais.

Je lis beaucoup, mais je ne peux pas toujours lire. J'ai donc décidé de m'habituer à fumer. Ça ne sera pas facile pour commencer, mais avec de la persévérance j'espère réussir. Quelle distraction pour les longues soirées d'hiver ! Longues ! elles le sont. La ménagère disparaît mystérieusement à sept heures et demie. Le curé se couche à huit heures. Je veille seul dans cette grande mission sonore. Quand j'aurai ma pipe, je serai moins seul.

Si le curé se couche tôt, il se lève de grand matin, à quatre heures en hiver, à trois heures en été, et vaque à la prière jusqu'à l'heure du déjeuner. Il prie continuellement. C'est un homme d'oraison. Il mène sa paroisse par la prière. Ce n'est pas par la prédication, il ne prêche pas ; ni par les réprimandes, il n'en fait point. Pourtant sa paroisse est un modèle du genre. L'ordre le plus parfait y règne.

J'ai déjà eu l'occasion de remarquer, à plusieurs reprises, qu'il est l'idole de ses paroissiens. Ils sont très curieux de savoir ce que je pense de leur curé. Ils me demandent souvent : « Comment le trouvez-vous ? » Je ne peux que leur dire la vérité, que c'est un admirable vieillard, en un mot un saint. Mon admiration pour leur pasteur me concilie leur amitié. Ils sont plus bienveillants, me rencontrent avec plus de plaisir, me sourient, ils sont même plus communicatifs. L'un d'eux m'a raconté l'autre jour les circonstances qui ont accompagné la construction du presbytère.

- Le curé logeait autrefois dans cette chaumière, me dit-il, et il me désigna une masure recouverte d'un toit de chaume, à gauche de l'église. Nous avions honte de le voir si mal logé, et lui avions demandé plusieurs fois de se faire construire un presbytère. Il répondait qu'il laissait ce soin à son successeur, que cette maison suffisait à son vieil âge. Sur ces entrefaites, les paroissiens décidèrent de lui faire le cadeau d'un voyage en Europe et en Terre-Sainte, car, vous savez, il n'était jamais allé plus loin que la ville épiscopale. Il accepta : c'était peut-être la seule ambition de sa vie de voir les lieux sanctifiés par la présence du Sauveur. Il partit avec d'autres prêtres qui faisaient aussi le voyage. Sitôt parti, les paroissiens se concertèrent et décidèrent l'érection d'un presbytère pendant son absence, hâtèrent les travaux et le lui présentèrent comme cadeau de retour. Il dût se résigner à l'habiter.

Je pensai que c'était un double exemple pour les curés qui veulent toujours construire, et les paroissiens qui regrettent toujours le moindre sou donné pour l'entretien de la maison du prêtre.

En tout le Père Gregory fait revivre la simplicité évangélique. Dans sa paroisse, il n'y a qu'une classe de services funèbres, qu'une classe de mariages ; tous, riches et pauvres, entrent par la même porte, sont recouverts du même drap mortuaire, ou sont mariés avec les mêmes ornements.

- Mais, lui dis-je, l'autre jour, curieux de sa réponse : « Vous perdez des revenus considérables. »

Il souleva ses lunettes sur son front comme il fait toujours quand il est un peu mécontent, et me dit d'un ton assez sec.

- L'argent n'est pas tout. Les églises les plus riches ne sont pas les plus fréquentées. Pendant mon voyage en Europe, j'ai vu des églises magnifiques, presque toujours vides.

Il pousse la pauvreté évangélique encore plus loin, jusqu'à refuser de vendre les bancs dans l'église. Chacun occupe gratuitement la place qui lui plaît.

- Dans les catacombes, me répondit-il, on ne vendait pas les places.

- Sans doute, lui dis-je, mais l'entretien de nos églises modernes en fait souvent une nécessité.

- Pas du tout, la quête libre du dimanche subvient amplement à nos besoins.

En effet j'avais constaté qu'elle double et même triple celle des paroisses plus riches et plus populeuses. D'autre part, j'avais aussi remarqué que les ornements religieux, les vases sacrés, tous les objets du culte étaient de qualité et que rien ne manquait.

8 février 19..

Le temps passe. La solitude est moins grande qu'au début. Certes j'ai encore des heures de nostalgie, de désespérance, où toutes mes résolutions vont à la dérive, même celle d'apprendre à fumer. Je suis si loin des miens, si loin des choses auxquelles je suis habitué. Mais à la pensée que j'ai choisi ce diocèse de mission librement, je me ressaisis.

La population m'est tout à fait sympathique maintenant. Je sens que j'ai pris le bon chemin pour arriver à leur cœur, celui de les aimer. Ce sont de si braves gens, si dociles, si bien disposés, si respectueux, que cette tâche m'est facile. Il n'y a plus de voile entre eux et moi. Je commence à les comprendre et ils me comprennent mieux.

J'ai allongé mes sermons peu à peu, mais je me suis promis de ne jamais dépasser le quart d'heure. Ce ne sont pas encore des succès éclatants, mais je me sens plus à l'aise. Toutefois rien me désempara autant que de voir dormir des fidèles pendant que je prêche. J'ai une folle envie de leur souhaiter la grâce de la vie éternelle et de descendre. Je m'en suis ouvert au curé. Il m'a dit :

- N'en faites rien. Vous seriez le plus grand prédicateur du monde qu'il y en a qui dormiraient encore. Vous savez, quelques-uns de ces gens se sont levés de grand matin pour venir à l'église, ont dû faire dix à douze milles dans l'air froid. Et lorsqu'ils se trouvent tout à coup immobiles, il se fait une réaction qui les porte à sommeiller.

- J'acquiesçai à la justesse de ces remarques. Tout de même ces têtes qui oscillent de droite à gauche, ses bouches ouvertes pleines d'ombre me distraient beaucoup et me paralysent.

En venant ici, j'ai recueilli une succession difficile, car j'y étais précédé par des hommes d'action et d'initiative. Les paroissiens sans y songer à mal et sans vouloir comparer, me disent quelquefois :

- Le Père X prêchait de si bons sermons.

Hier soir un petit vieux est monté dans ma chambre. Après l'avoir prié de s'asseoir, il se mit à me donner des conseils. Il n'est rien qu'on donne plus facilement que les conseils. Il m'a dit :

- Vous n'êtes pas assez violent quand vous prêchez. Il y a des désordres qui se glissent dans tous les coins de la paroisse.

- De quels désordres voulez-vous parler ?

- Il y en a tant. D'abord les enfants n'obéissent plus à leurs parents. Vous devriez passer dans les rues à huit heures du soir et faire rentrer tous les enfants qui courent à l'abandon.

- L'évêque m'a nommé vicaire et non pas gendarme. Si les parents ne savent plus commander à leurs enfants, qu'ils aient une police. Quant à moi, je n'ai pas d'aptitude pour ce genre de travail. Ensuite, de quels désordres voulez-vous parler ?

- On joue aux cartes le dimanche, continua le bonhomme.

- Après avoir assisté aux offices c'est un délassement qui me semble bien permis.

- Les protestants ne le font pas.

- Faut-il modeler notre vie religieuse sur celle des protestants ?

- Ce n'est pas tout, dit le vieux. Un paroissien a fait venir une caisse de boisson pour les fêtes de Noël.

- Écoutez, Monsieur, c'est le meilleur témoignage que vous puissiez rendre à cette paroisse, qu'on y ait importé une seule caisse de boisson. Écoutez encore, et je me levai pour clore l'entretien et le congédier, je reçois mes instructions du curé. Au lieu de me recommander d'être violent, il m'a prié de commencer une série d'instructions sur les sacrements. Lui et moi jugeons qu'il vaut mieux éclairer et instruire que troubler et alarmer les âmes.

Le bonhomme partit.

Bon, je me suis fait un ennemi ce soir. Ce vieux ne me pardonnera jamais. À la fin il m'agaçait, et les ennemis ont l'avantage de faire marcher droit.

Je ne devais pas tarder à m'apercevoir que le curé avait des opinions politiques. Il était conservateur. Je restai neutre, car quand on a passé quatre ans au Séminaire sans lire un journal, on n'est guère renseigné sur le gouvernement du pays.

Un jour à table il m'a demandé ouvertement ce que j'étais. Je lui dis que je n'avais pas de parti, bien que je fusse d'une famille libérale. Sur le champ, il commença mon éducation politique.

Après le repas il ramassa son journal, qui est la feuille la plus conservatrice de la région, et m'en apporta une pleine brassée qu'il jeta au milieu de la pièce.

– Lisez, dit-il, éclairez-vous.

Après qu'il fut parti, je me dis : « Éclairer et réchauffer sont synonymes. Faisons une flambée de tous ces journaux. » Et je riais pendant qu'ils répandaient une douce chaleur.

10 février 19..

La veille de la fête de saint Blaise le curé me dit :

- Demain vous ferez la bénédiction des gorges.

- Qu'est-ce que cela ?

- Vous ne savez pas ce que c'est que la bénédiction des gorges ?

- Ma foi, non.

- Vous n'avez pas cette cérémonie dans votre pays ?

- Pas que je sache.

Il me regarda avec pitié.

- Saint Blaise, continua-t-il, est le patron qu'on prie quand on a des infections de la gorge. Le jour de sa fête les fidèles se font bénir pour se préserver de toutes ces maladies pendant l'année.

En effet, j'ai trouvé dans le Rituel une formule spéciale.

Le lendemain matin, aux deux messes, il y avait foule comme au jour du dimanche, et tous se présentèrent pour se faire bénir. Et pendant toute la journée ce fut une procession au presbytère pour implorer cette bénédiction. Pieuse coutume, mais qui donne beaucoup de mal aux prêtres.

Dans la paroisse il n'y avait pas d'heures assignés pour la confession. Le curé les entendait à toute heure du jour. Il se tenait sans cesse à sa fenêtre et quand il voyait un fidèle se rendre à l'église, il le suivait, l'entendait et revenait, faisant ainsi un nombre infini de voyages. Un brave villageois venait-il au marché qu'il en profitait pour se confesser.

- Je suis ici pour cela, me dit le curé, un jour que je faisais une observation sur les inconvénients de cette coutume.

Ce qui me confond et m'atterre, ce sont les distances. On ne peut jamais aller à un malade sans avoir à faire cinq, dix, vingt milles et même davantage. Les gens trouvent les distances toutes naturelles. Moi, elles me terrifient, habitué que je suis à nos paroisses de la province de Québec, plus intenses, dont la population est groupée autour de l'église, où le cultivateur le plus éloigné arrive en moins d'une heure.

J'ai eu une singulière aventure hier. Le téléphone m'appelait de bonne heure dans l'après-midi pour aller voir une personne dangereusement malade. C'était à douze milles. Je prie une voiture et partis avec le jeune homme qui conduisait. Je croyais qu'il connaissait bien le chemin, et lui croyait que je le connaissais. Mais nous nous sommes vite aperçus que nous ne le connaissions ni l'un ni l'autre. Heureusement nous rencontrâmes quelques rares personnes qui nous donnèrent des indications assez précises pour nous permettre d'arriver sans encombre. La neige s'était mise à tomber mollement, abondamment, à gros flocons qui semblait ne pas vouloir cesser. Il était déjà tard quand nous noua sommes mis en route pour revenir. Plus de traces du chemin, que la neige recouvrait. Bientôt nous sommes en face de plusieurs routes qui s'entrecroisent, routes de raccourci, routes de forêt, par lesquelles les bûcherons transportent leur bois, routes que nous ne reconnaissions pas. Le jeune cocher commence à s'affoler.

– Nous sommes perdus, dit-il.

En effet, il me semblait que nous tournions toujours dans le même cercle revenant sans cesse sur nos pas. Tout était blanc, éperdument blanc, on eût dit une muraille flottante devant les yeux. Le jeune homme se lamentait.

– Nous allons coucher dehors.

– Allons, courage mon ami. Il neige mais l'air est doux. S'il faut coucher dehors, nous allons dormir comme des bienheureux.

Et je me mis à réfléchir que j'avais lu autrefois dans un récit que les chevaux laissés à eux-mêmes retrouvent d'instinct leur route. Je dis au garçon qui tremblait de tous ses membres :

– Laissez aller votre cheval. Il se retrouvera peut-être. Il a aussi hâte que nous de rentrer.

Après plus d'une heure de marche nous aperçûmes de petites lumières vacillantes dans le brouillard moins dense.

– C'est Forest Hill, dit le jeune homme avec joie, je le reconnais bien.

Il était neuf heures du soir. Je dis au cocher en descendant :

– Donnez une double portion d'avoine à votre cheval, c'est une noble bête.

Le curé commençait à être inquiet.

– Qu'avez-vous fait ? me dit-il en ouvrant.

- Nous nous sommes perdus.

- Perdus, c'est inconcevable.

C'était inconcevable pour lui qui connaissait tous ces lieux depuis quarante ans.

- Venez vous chauffer, et il m'entraîna à la cuisine.

- Ma sœur, vous allez préparer une tasse de gruel pour le Père. Il était perdu, nous l'avons trouvé.

Le gruel est une boisson écossaise, une sorte de panacée universelle qui guérit de tous maux. Il se compose d'une bouillie d'avoine à laquelle on incorpore du beurre, du vin, de la cannelle, de la muscade.

Pendant que je mangeais, je demandai au curé :

- Quelle distance y a-t-il d'un bout à l'autre de la paroisse ?

- Il y a quarante milles, dit-il. C'est peu, autrefois j'avais à desservir un territoire de deux cents milles, c'est-à-dire toute cette partie de la péninsule. Voulez-vous que je vous conte une histoire de distance ?

Voici : « Il y a quarante ans, j'avais mon pied-à-terre à Barrington, qui était une colonie de pêcheurs, éloignée d'une centaine de milles de Macadoo, qui était la ville la plus rapprochée. Or, au mois d'octobre les gens de Barrington s'aperçurent qu'ils n'avaient plus de rhum, pour la fête de Noël. Leur provision était épuisée. Ils décidèrent donc d'envoyer à pied le plus intrépide marcheur en chercher une cruche à Macadoo. C'était le seul moyen car il n'y avait pas de chemin de fer, pas de route l'hiver. Le délégué partit, cruche sur l'épaule. Il marcha d'un pas ferme et régulier, arriva, fit remplir sa cruche, se mit en route pour retourner. Plein d'espérance, il refit pas à pas, étape par étape, la distance qu'il avait parcourue quelques jours auparavant et l'avant-veille de Noël il était en vue de l'église de Barrington. Les pluies de l'automne avaient accru les eaux qui avaient balayé le pont. Les gens, pour traverser la rivière, avaient abattu quelques arbres de travers. Notre homme arrive, s'engage sur un de ces arbres couverts de verglas, mais bientôt il perd pied, glisse, la cruche tombe sur une pierre et se brise en mille morceaux. Imaginez la rage, l'humiliation de ce brave homme et le désappointement de ceux qui l'attendaient.

– Voilà un bien cruel dénouement, lui dis-je. De Maupassant n'a jamais écrit de conte plus pathétique.

Le lendemain, comme j'étais sorti pour faire une promenade, je vis à la porte d'une maison une vieille qui appelait un petit chat gris acier.

– C'est un beau chaton que vous avez là !

– Le voulez-vous ? me demanda-t-elle.

– Je le veux bien, mais je ne sais pas s'il sera acceptable au curé et à la ménagère. Je vais leur demander.

Pendant le dîner j'exposai requête. La ménagère leva les yeux au ciel.

– Je n'ai jamais gardé de chats. Il n'y a que les païens qui gardent des animaux dans leurs maisons

– Soyons un peu païens, cela nous rajeunira et distraira.

– Je n'ai pas d'objections que vous ameniez ce jeune chat si vous croyez qu'il soit nécessaire à votre distraction, ajouta le curé avec une pointe de malice.

– Il animera votre Thébaïde, continuai-je sur le même ton.

– Votre jeunesse suffisait pour nous rajeunir, conclua la ménagère insidieusement.

– J'ai beaucoup vieilli depuis quelque temps, rétorquai-je un peu rudement.

– J'aurai donc soin de votre protégé, dit-elle avec résignation. Il ne faudra pas qu'il commette de méfaits. Je ne veux ni d'un voleur ni d'un méchant.

– On demande moins de qualité des hommes. C'est beaucoup exiger de la part d'un petit animal.

Quand le petit chat fut arrive, le curé daigna se lever pour venir le voir.

– Il est assez mignon, me dit-il.

– J'ai décidé de l'appeler Caprice.

– Caprice !... qu'est-ce que cela veut dire ? demanda la ménagère.

– Être capricieux c'est d'être « whimsical », c'est sauter de droite à gauche comme une chèvre en liberté.

– Maintenant Caprice, lui dis-je en français, car j'aurai quelqu'un à qui causer français à l'avenir, fais-toi bien voir de tes maîtres. Gagne leur sympathie.

Il ne tarda pas à devenir *Persona grata* au presbytère. La ménagère l'aime et lui adresse de longs discours en celtique qu'il comprend mieux que moi et le curé le flatte quand il le rencontre. Il vient souvent à ma chambre, monte sur ma table, dérange mes papiers, attrape ma plume quand j'écris.

– Sais-tu, lui dis-je l'autre jour, que Rostand a écrit des vers charmants sur ceux de ta race. Baudelaire vous a célébrés dans des vers qui vivront longtemps. Théophile Gautier vous aime beaucoup. Vous circulez souvent dans ses livres. Anatole France vous a chantés dans *Le Crime de Sylvestre Bonnard.* Finalement le grand Cardinal Richelieu aimait votre grâce ondoyante et souple.

Il était dit que je devais connaître toutes les épreuves à Forest Hill. En dînant, un jour, le curé m'annonça :

– Vous savez, ici, pendant l'hiver, nous avons tous les lundis une soirée de cartes dans la salle paroissiale pour réunir nos gens et les empêcher de chercher des distractions chez nos frères séparés. Le vicaire préside ces soirées.

– Je vous prie, je vous en supplie, dispensez-moi de ces corvées ! Je ne sais pas jouer aux cartes. Je ne le saurai jamais. Elles ne m'ont jamais intéressé. C'est un amusement pour les gens qui n'ont rien à dire. Savez-vous qu'elles ont été inventées pour le divertissement d'un roi qui était fou ?

– Allons, répondit le curé. Faites ce sacrifice. Les paroissiens trouveront étrange que vous n'assistiez pas à leurs parties. Vous avez su gagner leur sympathie, n'allez pas la perdre par un coup de tête.

Je me mis à l'œuvre. Le premier soir que je jouai, je le fis si mal que ma partenaire, à laquelle je gâtais une belle main, me dit :

– N'avez-vous donc jamais joué aux cartes ?

– Ma foi, non !

– C'est visible, ajouta-t-elle, de l'air d'une reine outragée.

20 mars 19..

Nous sommes en plein carême. Je suis édifié par la manière dont on l'observe dans ce pays. L'assistance aux messes est très nombreuse. Tout le monde jeûne rigoureusement. N'allez pas leur dire qu'ils sont dispensés en raison de leur santé ou de leurs travaux, vous les scandaliserez. J'ai été fortement tancé par une vieille personne à laquelle j'ai dit qu'elle pouvait ne pas jeûner.

– Vous !... un prêtre me conseiller de ne pas jeûner ?

Pendant que le curé s'est absenté hier, on m'a appelé pour faire un baptême. Le père de l'enfant voulait qu'on l'appelât Nabuchodonosor.

– Écoutez, lui dis-je, je n'ai pas d'objections à baptiser votre enfant, mais ne commettons pas l'injustice de l'affubler d'un nom qu'il traînera toute sa vie comme un stigmate ou une infamie.

– C'est un nom qui est dans la Bible, me dit le bonhomme.

– Sans doute. Mais dans la Bible il y a aussi des mécréants qui y sont pour faire ressortir la vertu des justes. Savez-vous que ledit Nabuchodonosor a été condamné par Dieu à brouter l'herbe des champs à la façon des animaux ?

Le vieux demeura bouche bée.

– Comment voulez-vous l'appeler ? me dit-il enfin.

– Noua sommes en mars, mois consacré à saint Joseph. Appelons-le Joseph.

C'est la deuxième fois que semblable aventure m'arrive.

La première fois, on voulait appeler l'enfant « Symphonie ».

– Symphronie, vous voulez dire.

– Non, non. Symphonie.

– Une symphonie est une composition musicale jouée par un orchestre.

– C'est ça, dit le père. Ma femme est allée aux États où elle a entendu la Symphonie de Boston. Elle veut l'appeler comme ça.

– Ajoutez, au moins, un autre nom. Tenez, appelons-le Blanche Symphonie ou Claire Symphonie.

Je regardai l'enfant de plus près. C'était une petite brune dont les cheveux d'un noir brillant lui descendaient sur les yeux. Non, pas Blanche ! cela serait trop ironique. Alors, nous allons l'appeler Claire Symphonie.

Pendant le baptême la petite malheureuse s'égosilla à faire trembler les vitres de la sacristie. Voilà un nom bien porté. Pour être une petite symphonie, tu en es une.

– Bonjour ! me dit le vieux en partant.

– Bonjour monsieur. Je vous souhaite beaucoup d'agrément avec votre petite symphonie.

Dimanche dernier, j'ai dû aller remplacer un curé voisin qui s'était absenté. Tard dans l'après-midi du dimanche, on m'a téléphoné si je voulais bien aller voir deux malades dans une autre paroisse à l'intérieur des terres dont le curé aussi était absent. Après la récitation du rosaire et du Salut du Saint-Sacrement à sept heures du soir, je mis deux hosties consacrées dans la custode craignant que ces malades fussent en danger, car on ne m'aurait pas fait faire vingt milles à une heure si avancée. Je partis. Les chemins étaient impraticables. J'arrivai chez la première malade à onze heures. Elle était mourante. Je la confessai, communiai, administrai et j'allai voir l'autre. C'était un jeune homme atteint de tuberculose. Il n'était pas en danger immédiat.

– Je communierai demain matin, me dit-il.

Je n'insistai pas.

– C'est bien, lui dis-je. Il faut que j'aille prendre le train de grand matin à Cloverfield. Puisque vous êtes sur mon chemin, j'arrêterai vous faire communier.

Je me fis mener à l'église de Goodhope. C'est le nom de cette paroisse. Je réveillai la ménagère du presbytère et je lui demandai :

– L'église est-elle ouverte ?

– Non, me dit-elle.

– Où sont les clefs ?

– C'est le bedeau qui les a.

– Où reste-t-il ce bedeau ?

– Il reste ici pendant la journée, mais il va coucher chez lui, à cinq milles.

J'étais dans un embarras extrême. J'avais le Saint-Sacrement sur moi. Il était minuit, l'église était fermée à clef... le bedeau était à cinq milles. Et l'homme qui m'avait amené était parti pendant que j'étais en pourparlers avec la ménagère... Que faire ?

Je me fis indiquer ma chambre. Je déposai le Saint-Sacrement sur la table de nuit et j'allumai une bougie devant. Je me couchai un peu mal à l'aise de l'anomalie de ma situation.

Le lendemain, je communiai mon jeune malade et je rentrai à Forest Hill. Je racontai mon aventure au curé.

– Qu'auriez-vous fait à ma place ?

– Je pense que j'aurais veillé et prié.

– Écoutez, j'étais très fatigué. J'avais dit deux messes, confessé, prêché deux fois, fait le catéchisme, des baptêmes, présidé des sociétés, donné le Salut du Saint-Sacrement et fait cette longue course dans la soirée. J'étais littéralement à bout. J'ai dit au bon Dieu : « Je vous offre mes fatigues et chaque battement de mon cœur ». C'était peu, mais c'était tout ce que j'avais.

Après un moment le curé me dit, sans doute pour ne pas troubler ma conscience :

– Je pense que, dans les circonstances, j'aurais agi comme vous.

Je me suis aperçu que le curé est un peu prévenu contre la philosophie française qu'il accuse d'être responsable de toutes les erreurs, surtout du modernisme.

– Descartes est le père du subjectivisme, me dit-il. Les vertus ne sont plus que des créations individuelles que votre Taine appelle des sécrétions. Qui pourrait dire tout le mal que ces théories ont fait à la saine théologie catholique ?

– Remarquez qu'à côté de ces quelques philosophes, nous avons une grande légion de penseurs qui ont mis leur génie au service de la vérité.

Et je lui nommai une vingtaine de noms.

Mais il n'est pas convaincu. Mon curé a quelquefois un petit air têtu qui m'irrite. Il continua :

– La littérature française est souvent néfaste.

– Je ne le nie pas. Mais quelle est la littérature qui n'a pas des auteurs dangereux ?... Si votre grand Shakespeare avait écrit quelques-unes de ses pièces en français, elles seraient à l'index. Songez qu'aucun pays n'a une littérature religieuse, aussi riche et aussi variée. Vous-même l'admettez ; vous avez dans votre bibliothèque nombre de livres des meilleurs et des mieux pensés qui sont traduits du français.

À ce moment la sœur du curé entra les deux bras au ciel :

- Savez-vous ce que Caprice a fait ?

- Non.

- Il s'est introduit dans l'armoire, a volé un morceau de viande, l'a mangé, et un vendredi encore !

Nous éclatons de dire. Cela avait été si spontané, cette brave personne était si habituée à penser en termes de vie catholique qu'elle ne s'apercevait pas de la chose drolatique qu'elle venait de dire.

Caprice, mis en train par son larcin, jouait avec les rideaux.

- Vous voyez, dis-je à la ménagère, pour l'excuser, il tâche de noyer ses remords dans le jeu.

- Vous pensez ?

- J'en suis certain. Il fait comme les coupables, il cherche à s'étourdir.

- Caprice, lui dis-je en français, en sortant, tes actions ont considérablement baissé aujourd'hui. Tâche de te réintégrer dans les bonnes grâces de la ménagère, sinon tu seras condamné à errer à la belle étoile.

Après les dîners, le curé tenait à ce que j'aille à son bureau causer quelques minutes. C'est un peu de vie sociable que nous nous donnions. Cela se faisait toujours en cérémonie. J'ouvrais les deux portes de la salle à manger et du bureau et je l'invitais à passer. Il saluait en soulevant sa barrette. Bref, c'était un gracieux semblant de vie mondaine.

Un jour, la conversation était tombée sur ce qu'il fallait entendre par le mot culture. Je lui dis :

- Qu'est-ce que c'est exactement que la culture ? Certes ce n'est pas synonyme d'érudition. On peut savoir beaucoup de choses et n'être guère cultivé, mais d'autre part on peut ne pas savoir lire et l'être.

– La culture, dit le curé, c'est le reflet de la bonté.

– Alors, vous n'admettez pas qu'un scélérat puisse être cultivé ?

– Difficilement.

– Ne vous semble-t-il pas que c'est l'art de vivre harmonieusement, de faire chaque chose dans l'ordre ou le temps, le lieu, la manière qui lui sont propres. C'est réagir à tout ce qui est beau, bon et bien.

– Je ne peux pas, répondit le curé, séparer la culture de la bonne conscience.

Je n'osai pas contredire davantage. Il a peut-être raison.

Je ne sais plus par quelle association d'idées nous arrivâmes à parler de la question de la grâce. Le curé, désireux sans doute de sonder mes connaissances théologiques, me demanda :

– Que pensez-vous de la théorie de Molina ?

– Je vous dirai franchement que je n'ai jamais goûté Molina. Depuis que j'ai l'âge de raison je suis demi-semi-Pelagien.

– Vous êtes incorrigible, répondit-il en riant. Il ne fut plus question de Molina.

15 avril 19..

La semaine sainte est passée. Le curé a tenu que je fisse toutes les offices seul. J'ai dû improviser bien des cérémonies. Je lui ai dit :

- Je ne vous garantis pas la parfaite orthodoxie de tous mes mouvements.

- C'est très bien, m'assura-t-il. Vous y mettez un aplomb si merveilleux qu'on croirait que c'est à toutes lettres dans les rubriques.

Le printemps s'annonce avec splendeur. Mille petites plantes heureuses de vivre sortent du sol. Les oiseaux arrivent à la recherche d'un site où bâtir leurs nids. Le soleil aussi chante l'alléluia et nous baigne de sa chaleur bienfaisante. Je profite de ces beaux jours pour aller faire faire les Pâques aux vieilles gens de la paroisse.

Hier, je suis allé voir une bonne vieille que j'ai trouvée près du fourneau, fumant une grosse pipe.

- C'est pour vous, sans doute, que je viens.

- Oui, dit-elle, mais j'ai mangé un tout petit peu.

- Vous avez mangé un tout petit peu ?.... Et qu'avez-vous mangé ?....

- J'ai mangé un plat de porridge, deux œufs et du jambon et une assiettée de fèves au lard. Vous savez, je n'ai plus beaucoup d'appétit maintenant. Je suis vieille.

- Écoutez-moi, je reviendrai demain matin. Ne mangez pas.

Et je dis à sa bru :

- Il ne fallait pas la laisser manger.

- Elle se plaint toujours qu'elle est faible, me dit-elle.

J'ai eu la visite, ces derniers soirs, d'un vieux très amer contre la vie et contre tout le monde. Il est venu se plaindre que les jeunes gens lui font le charivari et l'empêchent de dormir, lui et sa femme.

- Si vous voulez, vous pouvez intervenir et empêcher ces gamins de me persécuter.

Je lui ai promis que ce soir même j'irai faire une promenade dans cette direction.

Vers les neuf heures, malgré ma répugnance à faire le gendarme, je partis. En effet, sur la route je vis un groupe de jeunes gens qui chantaient en dansant une ronde devant la porte du vieux. Je m'approche doucement pour ne pas les effrayer et je leur dis :

- Ce n'est pas très brave de troubler le repos de ces vieilles gens.

- C'est un sale type, répondirent-ils en chœur. Il nous insulte, nous appelle canailles, scélérats, suppôts de Satan, bois de potence.

- Vous n'êtes rien de tout cela, mais si vous continuez à le sérénader, les paroissiens finiront par croire que vous méritez toutes ces appellations. Allons à la salle paroissiale faire une partie de cartes.

Comme nous nous en allions le vieux ouvrit sa fenêtre et se mit à crier à tue-tête d'une voix éraillée :

- Canailles, chenapans.

- J'ai envie d'aller assommer le putois glapissant, dit un des plus jeunes gens.

- N'en faites rien. Il veut avoir le dernier mot. Laissez-le jouir de sa petite vengeance.

Le lendemain je vois arriver mon bonhomme qui venait me remercier.

- Écoutez, lui dis-je, vous êtes trop acerbe pour ces jeunes gens. Ils ressentent les insultes que vous leur dites.

- Ce sont des canailles, des fripons, des vauriens qui dépensent l'argent de leurs parents. Vous devriez les dénoncer en chaire.

- Soyez sans crainte, je ne le ferai pas. Ce sont des jeunes gens que vous ne comprenez pas.

- Vous les approuvez ? Je vais me plaindre au curé.

Et le vieux partit en grommelant.

Et je pensai qu'il y a des gens qui voient toujours le mauvais côté de la nature humaine et se créent des ennuis avec rien.

Je n'entendis plus parler de l'incident.

20 mai 19..

Dans notre ermitage, le moindre événement prend des proportions gigantesques. Depuis quelque temps, le curé voulait acheter une vache. Un matin il me donna de l'argent pour aller en faire l'acquisition d'une à une ferme qu'il me désigna. Je fis l'air entendu et je me préparai. La ménagère paraissait soucieuse. Une pensée, une seule la préoccupait. J'étais déjà à la porte qu'elle me demanda :

- Père Tréville, de quelle couleur allez-vous l'acheter ?

- Ça dépend. Si vous voulez du lait je l'achèterai blanche, si c'est du café je l'achèterai noire, car les vaches blanches donnent le lait et les vaches noires le café.

- Vous riez toujours de moi.

Je partis avec un paroissien.

Après quelques heures nous retournâmes, une vache suivait attachée derrière notre voiture.

La sœur du curé nous vit arriver. Elle se précipita dehors.

- Oh ! la belle vache !... Mon frère, venez voir la vache que le Père Tréville a acheté.

Le curé sortit. Nous étions tous autour de la bête.

- Elle a un beau pelage, dit la ménagère.

- Oui, j'ai lu dans un journal d'agriculture que les vaches zébrés sont de bonnes laitières.

- Elle n'est pas très jeune et elle est maigre, dit le curé.

- Sans doute elle a passé la première et même la deuxième jeunesse, mais elle peut vivre encore longtemps. Si elle est maigre c'est que le troupeau était nombreux, maintenant qu'elle est seule nous allons pouvoir la gâter.

- Mon frère, dit tout à coup la sœur du curé, qu'allons-nous en faire quand viendra l'hiver ?

- Nous la mangerons, répondit-il stoïquement.

Et j'entrevis pour l'hiver suivant des luttes formidables, couteaux et fourchettes en mains.

Mais la pauvre bête, s'ennuyant de ses compagnes, s'était mise à beugler.

– Elle va s'ennuyer chez nous cette vache, dit la ménagère.

– Je connais un remède souverain contre l'ennui. Faites-lui une bonne pâtée.

La ménagère courait déjà à la cuisine. Il fut convenu qu'une voisine viendrait la traire, tandis que son petit garçon la mènerait au pâturage soir et matin.

Notre ménagère est une singulière personne. Elle travaille sans relâche. De deux manières de faire la besogne, elle choisit toujours la plus longue, la plus ardue, celle qui exige le plus d'efforts. En passant par la cuisine, je l'avais vue qui battait des œufs avec une fourchette. La pauvre vieille n'en pouvait plus. J'allai ouvrir la bouche pour lui dire : « Mais servez-vous donc d'un petit appareil pour cela. Vous aurez fini dans un clin d'œil. » Ensuite je pensai que cela ne me regardais pas, que ce n'était pas dans mes attributions de m'occuper des affaires de la cuisine.

Je ne suis ici que depuis quelques mois et je suis déjà en contact avec beaucoup de souffrances. Je viens de voir une personne qui a la danse de Saint-Guy. Je n'oublierai jamais cette figure contractée, ces yeux hagards hors des orbites, cette langue sortie, ces pauvres bras tordus. C'est au chevet des malades que je ressens toute mon impuissance pour leur soulagement. C'est là que je voudrais avoir le don des miracles. On dit qu'il y a des prêtres qui ont ce don. Ils le méritent par une vie de sainteté. J'ai bien peu d'espoir. Je n'ai fait qu'un miracle et voici dans quelles circonstances.

Un jour que je récitais mon Office dans l'allée du jardin, une personne qui était aveugle d'un œil est venue me supplier de la bénir et de la guérir. Elle s'était mise à genoux devant moi. Comme je la bénissais, le vent souleva un tourbillon de poussière, de sorte que quand elle se releva elle était aveugle des deux yeux...

Je rencontre des paroissiens qui sont si avancés dans la vie de perfection que je rougis de mon indignité.

L'autre jour, le curé m'appela pour me dire de bien vouloir mettre sur ma liste de malades le petit Henri qu'il avait visité assez régulièrement mais avait négligé depuis quelque temps.

J'y allai. La mère me dit en entrant :

– L'enfant est plus souffrant, mais toujours souriant et résigné.

C'était un petit garçon d'une douzaine d'années, cloué sur son lit depuis quatre ans, ses petits membres disloqués maintenus ensemble par une chemise de plâtre et d'acier.

Quatre ans sans bouger, dans la même position, les arêtes des os traversant la peau. Quel martyr !... Le petit sourit en me voyant. Sa figure était émaciée, son teint d'une pâleur d'orchidée, malade, mais toute la flamme de la vie semblait s'être réfugiée dans les yeux qui brillaient d'un éclat extraordinaire.

- Vous viendrez me voir souvent, me dit-il.

- Oui, sans doute.

- Et vous me conterez des contes.

- Vous aimez les contes ?

- Beaucoup.

- Je vous conterai de beaux contes. À ce moment, nous entendîmes le trépignement d'une automobile qui passait sur la route.

- Savez-vous que je n'ai jamais vu d'automobiles.

- Jamais ? Nous allons transporter votre petit lit à une fenêtre qui donne sur le chemin.

- Oh ? non, je veux faire ce sacrifice pour mes bons parents.

Cet enfant me donne une leçon de mortification.

- Henri, lui dis-je, votre intérieur ressemble à celui de Nazareth. J'entends votre père qui varlope et rabote ses planches dans l'atelier. Votre mère s'occupe du ménage et vous achevez par la souffrance la ressemblance de Jésus dans votre âme.

- Il est si beau, que je ne pourrai jamais lui ressembler.

En m'en allant, je me demandai : « Que pourrais-je bien dire à cet enfant pour l'intéresser ? J'aurais mauvaise grâce de conter les histoires de Cendrillon, de la Lampe merveilleuse, des Quarante Voleurs, de Barbe-Bleu, à un enfant rendu si précoce par la douleur. »

En arrivant au presbytère, je me mis à réciter mon Office. J'étais à la leçon du jour. Il s'agissait de saint Stanislas, évêque et martyr. Une idée me traversa l'esprit. Si je mettais la vie des saints sous forme de contes !... Je descendis dans la bibliothèque du curé un volume de la grande vie des saints à la date du mois. Et je commençai à lire des biographies des jours suivants que j'enjolivai pour plaire à l'imagination de l'enfant.

Chaque jour il attendait mon arrivée. J'observais l'émerveillement de ses yeux à mesure que je contais. Son attendrissement, ses paupières qui se voilaient de larmes.

Un jour que je parlais de saint Pancrace, il me dit :

- C'est bien beau d'être saint.

- Oui, mais c'est encore plus beau de l'être sans le savoir.

Il était trop modeste pour comprendre le sens de ma remarque.

Je pressentais que la fin était proche. Il était plus faible, plus affaissé. Un après-midi on m'appela. L'agonie commençait. Lentement cette belle âme brisait les entraves qui l'attachaient à son enveloppe mortelle. Prenant ma main, il me dit tout bas :

- Restez près de moi quand je mourrai.

- Je vous le promets, mon enfant.

La tête s'inclina, ses traits se détendirent et devinrent d'une angélique beauté. Je dis à ses parents qui pleuraient :

- Il y a, à ce moment, une grande joie au ciel. Une éternité de bonheur s'ouvre pour lui.

Je devais connaître tous les déboires à Forest Hill. Je ne sais pas pourquoi, dimanche dernier, j'ai prêché sur la calomnie et la médisance. Sans doute parce que l'Évangile s'y prêtait. En tout cas, je ne fus pas plutôt rentré au presbytère après la messe qu'une dame se fait introduire. Elle est dans un état d'effervescence extraordinaire. Elle m'accuse de l'avoir désignée, de l'avoir prônée, comme on dit. Elle a eu des démêlés avec sa voisine et prétend que mes remarques étaient si claires qu'elles la signalaient à toute la paroisse, J'ai beau lui dire que j'ignorais qu'elle eût maille à partir avec sa voisine, que mes remarques étaient générales, qu'elle n'était pas présente à mon esprit quand je les avais faites, elle ne veut rien entendre.

- Il faut que vous répariez cela au Salut, ce soir, en disant qu'il ne s'agit pas de moi.

- Madame, dédire ce que j'ai dit, c'est admettre que tout est fondé. C'est vous signaler si clairement que vous allez devenir le point de mire des racontars et des cancans.

– Je n'y avais pas songé. Que faire alors ?

– Rien du tout. Moins nous en parlerons, plus tôt l'incident sera oublié.

Et elle partit fort surexcitée.

Je l'ai échappé belle. Encore faut-il que le bonnet la coiffât à merveille pour qu'elle vînt ainsi s'accuser.

15 juillet 19..

Nous nous préparons à la visite de l'évêque. J'ai deux cents enfants à catéchiser, confesser, dresser. Ce n'est pas tâche facile de fixer l'attention de toutes ces petites têtes d'oiseau qui oscillent de droite à gauche. On dirait une ruche qui fourmille. Je leur dis un conte, les têtes s'immobilisent. J'ai à peine fini qu'elles reprennent leur mouvement de rotation. C'est un crime que de retenir longtemps ces petits êtres de mouvement et de vie. Je les relâche. L'église est comme une cage d'où s'échappent les oiseaux dont le gazouillis est accompagné du chant de leurs gros souliers sur les cailloux de l'allée. Le curé fait le catéchisme aux enfants qui ne parlent que le celtique. Il y en a peu, toute la jeune génération parle anglais.

Rendu au presbytère, la ménagère me harcèle de questions sur ce qu'elle doit faire pour recevoir Monseigneur.

– Qu'allons-nous lui donner à manger.

– Ce que vous aurez.

– C'est que nous n'avons rien.

– Rien !... Tous les jours, je vois les pêcheurs monter de la grève de magnifiques saumons, des paniers de homards. Vous appelez cela « rien », mais c'est digne de la table d'un roi !

– C'est bien commun et bien ordinaire.

Parce qu'elle en voit tous les jours elle pense que c'est bien trop ordinaire pour l'évêque.

– Où Monseigneur va-t-il s'asseoir à la table ?

– Au centre, je pense.

– Vous me direz comment mettre la table.

– Soyez sans crainte, tout ira bien. Monseigneur est un homme de beaucoup de tact, d'une grande charité et très facile à plaire.

La voilà rassurée, mais bientôt elle revient.

– Faudra-t-il que je mette des fleurs sur la table ?

– Oui, beaucoup.

– Et la soupe, la servirai-je dans les assiettes ou dans la soupière ?

Je commençai à être impatienté. Je lançai à tout hasard : Dans les assiettes.

Je suis littéralement affolé par ces questions. De leur côté, les gens de la paroisse viennent me demander toutes sortes de conseils sur les décorations à faire et la parade à organiser. Ils veulent aller au-devant de Monseigneur avec des cornemuses et le ramener au son de la musique.

Voilà encore la ménagère.

- Monseigneur est-il écossais ?

- Oui.

- Alors il doit aimer les « scotch cakes ». Je vais en faire.

- Tout le monde aime vos « scotch cakes », ils sont délicieux.

La visite de l'évêque a eu lieu, Tout s'est bien passé. J'étais content que Monseigneur, avant de partir, ait la pensée d'aller remercier la ménagère. Ce fut une des grandes joies de sa vie. Comme il faut peu de choses pour faire du bonheur aux âmes simples !

20 août 19..

Mon séjour à Forest Hill devait être marqué par la plus grande épreuve de ma vie : la mort de ma mère. Je reçus une dépêche qui m'annonçait que son état était très alarmant. Le curé me dit :

– Vous allez partir par le premier train.

En arrivant, après deux jours d'un trajet mortellement long, j'eus conscience que c'était la fin. Je priai, suppliai, fis des promesses, des vœux. Le bon Dieu resta sourd à mes supplications. Cette minute fatale que j'avais toujours redoutée était sonnée. Je dus vivre jusqu'à la fin les affres de voir mourir l'être que j'aimais le plus au monde. C'était un soir, nous étions tous réunis dans sa chambre, tous ses enfants accourus avec la même angoisse des coins les plus reculés du Canada et des États-Unis. Nous étions terrassés par la douleur. Notre vieux médecin de famille lui-même pleurait au chevet de celle qu'il ne pouvait plus sauver. Le visage de notre mère devint tout à coup calme et serein. Nous étions orphelins. Jamais plus je n'entendrai cette voix chère, jamais plus je ne verrai ses gestes. C'est fini pour toujours et j'avais eu si peu de temps pour l'aimer, la choyer.

Après les funérailles, rien ne me tenait plus dans ces lieux. Le seul lien qui m'y attachait s'était brisé. Je me mis en route pour Forest Hill.

16 septembre 19..

Les jours qui suivirent furent tous donnés au souvenir. Le curé qui savait que j'avais beaucoup de chagrin me dit un jour :

- Ceux qui s'en vont sont plus heureux que ceux qui restent. Ils s'en vont à la récompense et nous restons à la douleur et aux luttes.

Ces journées d'automne si tranquilles, si mélancoliques, convenaient à mon état d'âme. Les après-midi surtout étaient si tièdes et si paisibles que rien ne bougeait dans l'air. L'automne est la plus belle saison de l'année dans ce pays. Il y vient une chaleur qui s'y attarde.

Un soir que nous étions assis dehors, le curé et moi, je lui dis :

- Je crois que la diligence est arrivée. Je vais au bureau de poste chercher le courrier.

- Allez, dit-il.

Il y avait deux lettres, l'une pour le curé, l'autre pour moi. Deux lettres semblables, évidemment de la même personne.

J'ouvris la mienne. Elle était de l'évêque. Il me disait :

- Je vous nomme à X. Veuillez vous y rendre dès demain.

Dans celle du curé, il disait :

- Je nomme le Père Tréville à X. Le Père V. le remplacera bientôt.

Le curé paraissait visiblement ému.

- J'étais habitué à vous, me dit-il simplement.

Je montai préparer mes malles.

Le lendemain j'allai faire mes adieux à la ménagère.

- Vous partez, dit-elle, s'essuyant les yeux du coin de son tablier. Je le sais, mon frère me l'a dit. Revenez souvent le voir. Il est plus désolé qu'il ne paraît l'être. Vous lui manquerez.

- Je vous promets de revenir chaque fois que je le pourrai.

La voiture attendait à la porte, le curé se tenait sur le bord de la route.

- God bless you ! me dit-il.

Jamais il ne m'avait paru si grand et si beau que dans cette lumière du matin. Ses cheveux frisaient autour de sa barrette et lui faisaient une auréole.

Il resta longtemps à la même place. Bientôt je ne vis plus qu'une vision lumineuse qui s'effaçait lentement, lentement. Et je sentis que j'avais les paupières humides.

FIN